Have you ever loved

Restaurant love

Bikrant Sah

Chapter number 1

GARG KA

Papa Kaha hai tumhara beta abitha tak ghar aaya nahin kuchh kaam bhi karta nahi Dene baarah Apne dosto ke saath gomti rehta hai Dekho tum bolte ho sundar jaga para phir bhi nahi sudhar nahi hai

Maa

AAP bhi chinta mat kijiye mera beta aapake Business ko oggy Tak le jayega tum bolte ho to Mann jata Hoon par abhee Tak aaya nahin ghar par theek hai chalo call karta Hoo Rene dijiye aajaa yega ghar pe theek hai

Beta

Party kare raha hai sare dosto ke saath milkar apni best friend birthday party celebrate kar raha hai Aur gaana bhejana dance karna aur peena SAB milker kar rahe hai

radtke baarah baje party khatam kar ke Rahul apne
ghar wapas ATA hai aur aapne room me jakar so jata hai

Next morning.

Dining table uski mummy Papa breakfast kar rahe hai or
wha per Rahul bhi aakar breakfast start kar deta hai
uske Papa puch TE hai tum kuch Kam kyo

Nahi karte Rahul bolta hai main kaam karunga par abhi
nahi kuch Dino ke baad uske

Papa

Bolte hai theek hai kuchh din dekh lo uske baad tum
hamari business Ko AA Gaye le Jana hoga aap reni DJ
khani DJ aap bhi suru ho jate Hain business Ke baare
Mein baat karne lagti hai

Abhee meri beti ko bass Khana DJ theek hai main office
ja raha hun bye papa

Kuchh Dino ke baad bhi uska beta nahi sudhar raha hai
apne dosto ke saath or party karte rahe hai Uske Papa
use sudhar ne ka liya Ek Tarkeeb Sochi hai Jesse unaka
beta sudhir Jay aur unaka business Ko or Aga Tak le
jayejaye Raat Ko jab Rahul party khatm karke Ghar per
aata hai tab uske papa usse puchte Hain itni let kyon
Hui to Rahul bolata hai ham log party kar rahe the Papa
use dantne lagte Hain aur Rahul bhi

Apne papa se jhagada karne lagta hai ki main Apne
doston ke sath party karunga aur aap mujhe mat roko
baap aur bete ke bich mein bahas shuru Ho jaati hai aur
ine donon ke bich mein maa ko bahut taklif hoti hai
uske bad uske Rahul ko bolate Hain ki Tum mere Ghar
se Nikal jao abhi ke Abhi main tumhen apna beta nahin
manta hun tum abhi ke abhi mere Ghar se Nikal jao aur
ek thappad lagakar kaha ki wapas kabhi mat aana Rahul
bhi bahut gussa main hota hai apne papa se aur gusse

ke Karan Ghar se bhi nikal jata hai jata jata apne maa
Ko ek bar dekh ke Ghar se bahar nikal jata hai

Mere Papa ka naam Ravi Oberoi hai aur vah bahut bade
businessman Hain aur main iklauta beta hun jiske vajah
se ham log ke bich mein batchit bahut kam hoti rahti hai
lekin fir bhi vah mere world ke best dad hai aur meri
pyari maa World ki best mom hai aur ek baat main
bataun papa kabhi bhi mujh per gussa karte hain to
Maa mujhe bacha leti hai papa sa baat sunane nahin
padta maa yah sab kuch soch kar Rahul Apne Ghar se
bahar nikal kar road per a jata hai..

Rahul taxi book karta hai aur vahan se sidhe airport
chala jata hai aur gadi ke andar Rahul ticket book karta
hai jo ki Delhi to Bengaluru hota hai kyunki uski waha
mausi ka ghar hai aur vah Bengaluru mein rahti Hain
isliye Rahul vah per . Jana pasand karta hai aur uske
maa Ko bhi pata hai ki mera beta meri bahan ke ghar hi
jaega Rahul airport pahunchta hai airport mein
boarding check karke security check karke sidhe plane
ke andar baith jata hai aur plane ke andar vah sochta
hai ki Papa mere sath Aisa nahin kar sakte lekin fir bhi

unhone mujhe Ghar se Nikal Diya ab main kya karunga
unhone theek nahin kiya kyunki main unka iklauta beta
hun yah sab soch ke plane ke andar baith jata hai aur
kuchh hi der ke bad vah Bengaluru airport per pahunch
jata hai vahan se vah apne mausi ke bete ko call karta
hai jo ki use lene ke liye aaya hota hai aur vah donon
pahle bhi mil chuke hain aur WhatsApp per batchit
karte rahte hain to vah sa Rahul call karta hai apne
kajan brother ko jiska Naam Suraj hota hai aur Suraj
phone uthakar bolata hai ki tum airport se bahar a jao
main tumhara yahan per intezar kar raha hun Rahul
bolata hai theek hai main bahar nikal kar a Raha Hun
Tum Mera intezar karo uske bad Rahul airport ke bahar
a jata hai donon

 Taxi mein baithkar ghar ki or chale jaate Hain aur raste
mein Suraj aur Rahul ke bich bahut sari baten ..hoti hai
unke mummy papa ke bare mein sab theek hai sab
theek hai bolkar vah donon ghar ki or chalne lagte Hain
kuchh der bad Ghar pahunch jaate Hain vah per uski
mausi bahar hi khadi rahti hai aur uska intezar karti hai
aur Rahul Suraj donon Ghar ke niche utarte Hain aur
unki mausi donon ka swagat karti hai aur bolati hai beta
tum kaise ho theek ho kuchh khaya Piya ki nahin chalo

Ghar ke andar chalo Rahul ghar ke andar jata hai aur
vahan per uske liye khana banaa hua rahata hai Rahul
yah sab dekh kar bahut khush hota hai ki uski mausi
bahut khyal rakhti hai aur idhar udhar dekhta hai ki
Ghar kaisa hai uski mausi bolati hai beta Ghar bahut
achcha hai per tumhare ghar jaisa nahin Rahul bolata
hai hai ki Ghar to ghar hota hai Bus sukun Milana chahie
mausi bolati hai tum Naha dabakar aa jao main tab tak
khana table per Laga deti hun Rahul bolata hai theek
hai mausi Ji Suraj usko Kamra dikhane le jata hai aur
uske bad Rahul Apne room mein jakar Naha kar aa

Chapter number 2

Jata hai aur niche Aakar dining table per khana khate
Hain sab log milkar vahi par Hansi majak chalne lagta
hai mausi aur Rahul ki bich mein Rahul aur Surah ke
bich mei aur Rahul aur mausa ke bich mein sab log pure
Hansi majak kar khana kha lete Hain aur uske bad sab
Apne kamre mein jakar So na lagte Hain kyunki Raat
hua hota hai

Aur agale din sab log Apne Apne kam per lag jaate Hain aur mausi breakfast ready karne mein lag jaati hai Rahul so ke uth kar niche aata hai aur sabko good morning vish karta hai aur kafi peene lagta hai vahan se mausa ji Apne duty jaane ke taiyari karne lagte Hain Suraj bhi apna duty jaane ki taiyari mein lag jata hai aur mausa ji apna breakfast khatam karke Apne kam per chale jaate Hain aur Suraj bhi Apne kam per chala jata hai Rahul bahut dukhi hota hai lekin kisi Ko batata nahin hai aur vah bhi bahar nikal ke ghumne chala jata hai thodi si dur mein ek bahut hi Sundar aur bada sa park dikhai padta hai Rahul ko aur vah vahan per jakar park ke andar ekadam Kone mein jakar baith jata hai aur sochta hai ki mere Papa ne Aisa kyon Kiya aur Rone lagta hai park mein bahut aadami rahte hain lekin use koi nahin dekhta hai kyunki vah ekadam Kone mein jakar baitha hota hai isliye vah vahan per RO pata ..hai aur andar hi andar bahut dukhi rahata hai kyunki is time mein vah Apne doston .se bhi baat nahin kar pata tha aur nahin Karta tha aur iski koi girlfriend bhi nahin thi isliye Rahul bahut Akela ho gaya tha ek se do ghante se 3 ghante park mein baithane ke bad bahut der sochne ke bad vah vahan se mausi ke ghar chala jata hai ghar ke andar mausi bolati hai ki beta ghoom kar a gaye han mausi Ji main ghoom ke a Gaya theek hai baitho khana Laga deti hun Rahul bolata hai main khana khakar aaya hun main apne room mein jata hun mausi Ji aap Bura mat manna theek hai beta Tum jao Apne room per usse pahle mausi Rahul Ko bolati hai beta tumhare papa bahut hi acche Insan Hain unhone tumhen Ghar se nikala hai lekin dil se nahin nikala hai kyunki Tum kam nahin karte ho aur apne papa ke business ko bhi nahin sambhalte Ho isliye tumhare Papa ne tumhen Ghar se Nikal Diya hai Lekin yah mat bhulo ki tumhare papa tumhen bahut pyar karte Hain aur tumhari mummy bhi tumhare mummy ne aane se pahle mujhe call kiya tha aur bola tha ki Rahul ko Papa ne Ghar se Nikal diya hai aur vah sidha tumhare hi Ghar aaega uska khyal rakhna ..Rahul bolata hai Mummy ko kaise pata chala main aapke ghar hi aaunga kyunki tumhari maa maa hai aur maa ko pata hai bete per kya biti hai isliye usne mujhe pahle call kar ka Bata .diya tha ki Rahul aane wala hai aur tum call karke baat bhi kar lena apni maa aur papa se aur vaise bhi kam karne se to achcha hi hai na tumhare Papa ka business aur aage badhega Rahul bolata hai han mausi Ji aap bol to sahi rahi hai lekin main Abhi injoy karna chahta tha isliye main papa ke business nahin Sambhal raha tha isliye Papa ne mujhe Ghar se Nikal Diya per koi baat nahin main unka business ko aage le jaane ki koshish karunga lekin usse pahle jo maine galti ki hai use sudharne ki bhi koshish karunga mausi Ji bolati hai han beta Tum Sahi bol rahe ho tum apne papa ka business bahut upar lekar jaaoge Rahul han mausi Ji yah sab baat Rahul aur mausi Ji ke bich hota hai aur Rahul uske bad Apne kamre mein chala jata hai kamre mein jakar Rahul baithata hai aur sochta hai kyon nahin main yahan per kuchh kam karna shuru kar do jisse ki mujhe kuchh experience mil jaega Rahul sochta hai ki main Suraj ko bolta hoon mujhe bhi kam dila do .kyunki Suraj restaurant mein kam karta hai to main bhi bolata hun mujhe bhi usi restaurant mein kam dila do Rahul yah sab soch Liya rahata hai aur Sham ke time jab Suraj apna duty khatm karke Ghar per aata hai to Rahul usse baat karta hai Suraj kya tum mujhe apne restaurant mein kam dila sakte ho Suraj ek bar Rahul ko dekhta hai aur apni maa Ko dekhta hai aur bolata hai bhai tu kar payega kyunki veter ka kam bahut hi jokhim wala hota hai aur tumne kabhi Kam Kiya bhi nahin kiya hai Rahul bolata hai ki bhai main kar lunga please tu mujhe kam per dila do waiter ka bhi chalega tu bhi to veter ka kam Karta hai Na mujhe bhi usi kam dila do theek hai main

Apne manager se baat karu ga Rahul bolata hai ho sake to main kal se hi tuatara sath chalunga tumhare restaurant kam karne ke liye Suraj bolata hai theek hai main apne manager ko call karke baat karta hun tum aapna sare document mujhe WhatsApp kar do aur yah bhi Bata deta hun wahan par bahut acche se kam karna aur imandari se kam karna Rahul bolata hai ki theek hai bhai main tumhara naam kharab nahin karunga Suraj bolata hai theek hai bhai ine donon ..ke bich batchit khatm hone ke bad sab log milkar Raat ka dinner khatm karte Hain aur sab Apne Apne room mein jakar so jaate Hain Agale din Suraj Rahul ko bolata hai chalo mere sath mere restaurant Rahul bolata hai tumne Apne manager se baat kar liya vah mujhe rakhega aur .please mat batana ki main Delhi se aaya hun aur vahan per kuchh bhi Kam nahin Karta tha Suraj bolata hai theek hai bhai main yah sab kuchh bhi nahin bolunga main bolunga tu Mera Bhai hai aur kam karna chahta hai Rahul bolata hai theek hai chalo aur donon milkar Suraj ke bike per baithkar chale jaate Hain restaurant ki or thodi der bad donon restaurant pahunchte Hain aur Suraj Apne kam per

Lag jata hai Suraj Rahul Ko bolata hai ki tum abhi yaha per baitho manager aana ka bada main tumse sir sa baat kara dunga aur

Thodi der bad manager bhi a jata hai aur vah restaurant ke andar chala jata hai Rahul edhar udhar restaurant ke andar dekhta hai sab log kaise milkar kam kar rahe hain Suraj Apne ..manager se baat karta hai ki sir maine aapse mere bhai ke bare mein baat kiya tha vah yahin per aaya hai kam ke liye manager bolata hai kahan hai mujhe usse Milana hai Suraj Rahul Ko bulata hai aur Rahul aata hai Rahul aur manager kuchh der tak baat karne ke bad manager bolata hai ki aaj hi se kam per lag Jao kal se aana ya Aaj sa kaam karna ek hi baat hai na isliye abhi se hi lag jaaun kam per Suraj Rahul Ko bolata hai sir theek .bol rahe hain Tum aaji se kam join kar lo Rahul bolata hai theek hai bhai main Karta Hun manager Suraj Ko bolata hai apne bhai ko operator ke bare mein sab kuchh samjha do aur use uniform bhi de do Suraj Rahul ko uniform aur sab kuchh Bata deta hai kam ke bare mein aur veter ke bare mein veter ka jo jo kam hota hai gest aate rahte hain restaurant per khane ka order bhi karte Hain to kabhi Rahul ya kabhi Suraj order lete hain aur use customer ko sarv bhi karte Hain pure din ka yahi routing rahata hai aur kabhi kabhi home delivery bhi karna padta hai jismein manager jisko bolata hai vah bike lekar home delivery karne jata hai veter ka kam aisa hi hota hai aur sab koi mil kar kam karte Hain to Aaj ..din bhar ka kam restaurant ke andar Rahul aur Suraj milkar khatm kar kar raat ko Apne Ghar wapas chale jaate Hain aur uski maa puchti hai Suraj Rahul ne Aaj kam kaisa Kiya Suraj bolata hai Rahul ne Aaj bahut achcha kam Kiya kisi ko laga hi nahin ki vah naya ladka hai usne sab kuchh bahut acche se Sambhal liya Mausi bolati hai han mera beta hai na isiliye sab kuchh Sambhal liya Rahul bolata hai ki yah sab to bahut iji hai aur mujhe samajh mein bhi a Raha tha to main koshish Karta Gaya aur bahut hi aaram se Maine

Sambhal liya aur sab log milkar dinner pura karke Apne Apne room per chale jaate Hain aur agali subah

Ab daily ka yahi routine ban chuka tha अपने-अपने kam mein sab koi biji hone laga tha Abhi Tak Rahul Apne mummy papa se baat nahin kiya tha to ek din uski mausi Ji bolati hai beta tum apne mummy se phone karke baat kar lena Rahul bolata hai nahin main Apne mummy papa se baat nahin karunga lekin uski mausi bolati hai beta baat kar lo Rahul bolata hai main baat nahin karunga achcha theek hai mat karo baat aur ..Rahul aur Suraj donon nikal padte Hain Apne restaurant ki or restaurant mein pahunchkar donon अपने-अपने kamon mein lag jaate Hain aur vaise karke kuchh dinon Tak aise hi chalne lagta hai iske bad kabhi Suraj kabhi Rahul home delivery bhi karne jaane lagte the aur vaise hi ya donon routing chalte rahata tha ek din Rahul ko home delivery le jaane ke liye bola Gaya vaise to Rahul bahut dinon se home delivery kar raha hai to use koi problem nahin hogi aur use adress dhundhne mein bhi koi problem nahin hogi kyunki use bahut din ho chuke the restaurant mein kam karte hue manager bulata hai aur use order Ka Sara saman use deta hai aur bolata hai is adress mein jao aur deliver karke aao Rahul saman ko lekar restaurant ke bahar jakar bike mein baithkar adress ki or chal padta hai aur vah ek apartment ke niche pahunchta hai jo ki vahi adress hota hai vahan per vah jisne order kiya tha usko call karke bulata hai ki aapka delivery dene ke liye main

aaya hun aur vah call karta hai hello main Rahul bol
raha hun main restaurant se aaya hun aapka deliver
karne ke liye aur dusri or se ek ladki bolati hai ruki vahin
per main bahar Aakar leti hun do ladki aati Hain aur
delivery ka sara saman lekar Apne flat per Chali jaati
Hain aur Rahul paise lekar wapas restaurant chala jata
hai aur Aakar Apne manager ko Paisa de deta hai aur
uske bad vah restaurant ke kam mein biji Ho kar kam
karke lagta hai iske bad restaurant raat ko band karke
donon Suraj aur Rahul Apne Ghar wapas chale jaate
Hain Rahul Suraj ko bolta hai ki main aaj Jo delivery
dene gaya tha vahan per ek ladki bahut hi Sundar thi
lekin bahut hi udaas thi jise lagta tha ki usse bahut taklif
hai aur rone wala face tha lekin time Kami hone ke
vajah se main usse kuchh poochh nahin Paya aur uske
sath Jo uski friend thi usne delivery ka sara saman liya
aur Paisa Diya aur donon wapas chalenge Apne Ghar
bhai mujhe lagta hai ki use ladki 14p.ko bahut taklif hai
Suraj bolata hai Ho bhi sakta hai lekin hamen Apne kam
per Dhyan Dena chahie nahin to vah complain kar degi
to Tum kam se bhi nikale ja sakte ho isiliye tumhara
jitna kam hai utna kam karo UN log ke personal mama
mein interfere mat karo yah sab bolkar Suraj Rahul ko
samjhana samjhane ki koshish karta hai aur Rahul

samajh .jata hai lekin bhai ladki bahut hi Sundar thi mujhe bahut acchi lagi fir se agar usi adress per agar order aata hai to bhai please mujhe hi bolna yah sab bolkar Rahul aur Suraj Apne Apne room chale jaate Hain aur so jaate Hain next morning agali subah Rahul Suraj restaurant pahunchte Hain aur Apne Apne kam mein lag jaate Hain fir se usi adress per deliver karne ke liye order aaya hua rahata hai Lekin manager Suraj ko bhejna chahta tha per Suraj ne kaha ki sar please Rahul ko bhej dijiye main yahan per Sambhal leta Hun aur lakir hi Rahul fir se sim adress per pahunch jata hai jo ki cal vahan per aaya

Chapter number 4

Tha aur usne use ladki Ko dekha tha uske bad fir se vah call karta hai aur vah donon ladki fir se aati hai aur delivery ka sara saman aur paise bhi karke jaane lagti hai Rahul ko lagta hai ki mujhe puchna chahie use ladki se jo bahut hi udaas hai per vah himmat nahin juta pata lekin fir bhi UN donon ke jaane ke bad kuchh Na kuchh ek bahana nikalkar fir se call karta hai aur bolata hai mam aapane Jo Paisa diya tha vah Sahi nahin hai please dusra change karke dijiye to vah bolati hai theek hai per is bar vahi udaas ladki Paisa lekar aati hai aur Rahul ko..deti hai Rahul Paisa leta hai aur puchta hai aapka naam kya hai ladki apna naam mera batati hai aur Rahul apna Naam Rahul batata hai Rahul mera se puchta hai ki main main aapse ek baat puchun Mera bolati hai han usse puchta hai ki cal main aaya tha aap bahut udaas thi aur Aaj bhi bahut udaas Ho kyon udaas Ho dekhkar kuchh nahin bolati hai to Rahul sota hai ki kuchh nahin bol rahi hai aur ek baat poochh leta Hun life ek hi hai aur hamesha khush rahana chahie sabse मिल-जुल ke rahana chahie aisa bolata hai mera ko lekin mera kuchh bhi usse nahin bolati aur vahan se wapas Chali jaati hai apne ghar Rahul bhi Dara hua wapas restaurant a jata hai aur manager ko kaise de deta hai uske bad apne bhai se Suraj se baat karta hai ki bhai Maine use ladki se aaj baat Kiya lekin usne ek bhi jawab nahin diya Suraj bolata hai uska koi problem hoga nahin to kisi depression mein hogi isiliye usne tumse baat nahin kiya Rahul puchta hai vah mere bare mein koi

. to nahin karegi Suraj majak mein bolata hai han kar bhi sakti hai tune to uska naam puchkar aaya Na to Rahul dat jata hai kyunki use apni ijjat bahut pyari hai lekin Suraj bolata hai ki koi baat nahin complaint nahin karegi kyunki tune bus usse uska naam hi poochha tha yah sab baat donon ke bich hoti hai aur donon अपने-अपने kamon mein lag jaate Hain raat ko Apne Ghar jakar khana khakar so jaate Hain donon agali subah

Rahul ka aaj day of hai matlab ki aaj uski chhutti hai aaj vah duty nahin jaega aur Suraj Apne duty chala jata hai kyunki Suraj ko cal de off milega to iske bad Rahul breakfast khatm karke apni mausi ke Ghar se bahar nikalta hai aur sochta hai ki kya karun aur aise hi thodi dur chalte chalte use park mein chala jata hai Jahan vah first time aaya tha per Aaj use park mein ek ladki bhi baithi thi aur usi jagah per Jahan per Rahul first time baitha tha aur Rahul park ke andar chalkar jaane lagta hai aur uske bare mein sochne lagta hai ki vah ladki kaisi hogi kya hua hoga uske sath aur vah kyon udaas rahti hai thodi der bad vah chalkar jis jagah per baitha tha vah bhi baith jata hai aur vahan per vah ladki baithi hai pahle se hi Rahul use ladki ki or dekhta hai per vah

ladki ka chehra theek .se dikhai nahin deta thodi der
bad jab ladki chal kar jaane lagti hai to Rahul use dekh
leta hai are yah to vahi ladki thi aur vah use se bolata
hai Rahul bolata hai hello mera tum kaisi ho aur Mera
piche mudkar dekhti hai ki kisne mujhe hello bola hai
aur vah dekhti hai delivery karne wala Jo boy aaya tha
Rahul vah use hello bol raha hai to Mera use dekhkar
hello ka reply karti hai aur bolati hai hello Rahul Rahul
puchta hai tum kaisi ho Mera bolati hai main bahut
acchi hun Rahul puchta hai ki main use din jab aapko
deliver karne aaya tha to aap bahut hi dukhi thi aur
dusre din bhi aap bahut dukhi thi aur aaj bhi aap bahut
dukhi ho agar aap Bura Na Mano to please mujhe
bataiye aap itne dukhi kyon rahti Ho Mera bolati hai
tumko kaise lagta hai ki main dukhi hun Rahul bolata
hai aapke chehre se pata chalta hai Mera bolati hai Tum
Mera chehra padh sakte ho kya Rahul bolata hai Hans
kar nahin main tumhara chehra nahin padh sakta lekin
tumhare chehre ko dekh kar Bata sakta hun ki tum
dukhi ho ki khush ho Mera bhi thoda sa smile deti hai
uske bad ..Rahul hansne lagta hai aur donon thodi der
ke liye hansne lagte Hain uske bad Rahul bolata hai
baitho milkar baat karte hain Mera aur Rahul donon usi
jagah per park ke andar mein baith jaate Hain aur

Rahul puchta hai to batao Tum kyon udaas rahti Ho Mera bolati hai jis din Tum aaye the usse kuchh din pahle mere mummy papa ka accident ho gaya tha aur vah is duniya mein nahin rahte the isliye bahut sad thi aur jis din Tum first time aaye the usse use din se pahle Maine kuchh bhi khaya nahin tha isliye meri bhabhi ne khana khane ke liye jid kar rahi thi aur use din tumne order lekar aaya tha aur pata hai main tumhare chehre ko dekh kar use din bahut relax mahsus Kiya aur use din maine khana bhi khaya tha Rahul bolata hai sorry....! Papa aur mummy ke liye aur yah to bahut acchi baat hai ki tumne khana khaya aur Rahul bolata hai maine bhi first time jab tumhen dekha tha tab main bhi bahut relax mahsus kiya tha kyunki usse pahle Mera bhi man bahut ghabrata tha इधर-उधर chala jata tha lekin jab se Maine tumko dekha hai tab se ..Mera bhi man bahut hi relax mahsus karta hai Mera bolati hai yah to bahut acchi baat hai Rahul puchta hai tumhare mummy papa ka accident kaise hua tha Mera bolti hai mujhe nahi pata mere bhaiya ko pata hai Rahul bolata hai to Tum Ko case karna chahie na jisne accident kiya tha Mira bolati hai mere bhaiya ko yah ..sab baat pata hai aur vahi case kiye Hain Rahul bolata hai chalo yah bhi theek hai aur batao tum kya kar rahi ho mera bolati hai main abhi padhaai kar rahi hun vahi college Jana aur college se wapas aana Mera puchti

Chapter number 5

Hai Rahul se tum kya karte ho Rahul bolata hai main restaurant mein kam karta hun yah to bahut acchi baat hai Rahul bolata hai isiliye to main aaya tha tumhare ghar delivery boy Bankar aur tumne tip bhi nahin diya tha Mira bolati hai to Abhi nahin deti Ho Rahul bolata hai nahin nahin main to majak kar raha tha aur mera bahut hansne lagti hai aur donon hi milkar hansne lagte Hain Mera bolati hai mere mummy papa ki Gujar jaane ke bad se lekar aaj main itni khulkar Hansi hun per Rahul thank u bolata hai aur Achanak se Mira ko call aata hai bhabhi ka vah usse bolati hai Ghar wapas jaldi a jao aur mera vahan se jaane lagti hai to Rahul bolata hai kyon Na main tumhen Ghar pahuncha do Mera bolati hai nahin main khud hi Chali jaaungi aur vahan se vah bye bolkar Rahul ko Chali jaati hai aur Rahul vahin per baitha rahata hai Mira ke chale jaane ke bad Rahul use bahut hi pasand karne lagta hai aur use Apne Dil ki baat use batana chahta tha ki vah use bahut pyar karta hai aur uske sath apna Puri jindagi bitana chahta hai usi park mein baithkar soch Raha tha uske bad Rahul ko bhi call aata hai uski mausi ka aur vah use bulati hai aao beta khana kha lo Rahul bolata hai han mausi Ji main a raha hun khana khane ke liye Rahul Ghar per jakar khana khata hai aur apni mausi Ji ko Mira ke bare mein batata hai ki vah ladki kitni dukhi hai apni Mummy Papa ki gujarne ke bad aur main apni mummy papa se baat bhi nahin karta vah log to Jinda hai mausi Ji bolati hai Kudrat ka yahi Khel hai ISI tarah hamen sabse मिल-जुल ke rahana chahie aur sabko lekar chalna chahie Rahul bolata hai aap theek bol rahi hai mausi Ji aur uske bad Rahul Apne papa ko call karta hai lekin uske papa call nahin uthate Hain to fir Rahul apni maa ko phone karta hai aur uski maa phone uthati hai aur bolati hai vah kaise ho beta Rahul bolata hai main bahut achcha hun papa ko call kiya tha lekin Papa ne phone nahin uthaya koi baat nahin karna hai Rahul ki man bolati hai tumhare papa biji honge kam mein isliye phone nahin uthaya hoga aur Masi tumhara khyal rakhti hai Rahul bolata hai han Masi Mera bahut khyal rakhti hai to kab aaoge beta Ghar jis din papa Ghar bulaenge use din main a jaunga tumhare Papa ka kabhi nahin bulaenge tumko kyunki vah tumse bahut gussa hai Rahul bolata .hai jis din papa mujhe bulaenge tabhi main wapas aaunga aur phone rakh deta hai uske bad Apne room mein jakar aaj mera se mila aur uske bare mein

Sochne lagta hai aur ek Jo line tha Mira ne bola tha ki usne uske chehre Ko dekhkar mahsus kiya tha relax donon ne ek dusre Ko dekhkar relax mahsus kiya tha uske bare mein sochne lagta hai kyunki yah baat sach tha yahan Mera Apne Ghar pahunchti hai aur bhabhi se milati hai aur khana khati hai aur apne kamre mein

Chali jaati hai aur kam mein biji Ho jaati hai aur vah bhi Rahul ke bare mein bahut sochne lagti hai usse bhi Rahul man hi man bahut pasand a gaya tha uske bare mein uthne lagti thi aur बार-बार apna phone uthakar uska WhatsApp DP dekhne lagti thi aur yahan hamare Rahul ek Kavita likh rahe the jo ki is prakar hai

चेहरे ने मुझे सुकून दिया तुम्हारे चेहरे ने मुझे सुकून दिया जब मैं आपका चेहरा देखता हूं तो मैं और खुश होता हूं मेरे शरीर में अधिक ऊर्जा आती है

तुम्हारे चेहरे ने मुझे सुकून दिया तुम्हारे चेहरे ने मुझे सुकून दिया

जब आप मुस्कुराते हैं तो मुझे पूरा महसूस होता है जब आप मुस्कुराते हैं तो मुझे लगता है कि मेरी पूरी क्रिया सही है क्योंकि आप मुस्कुराते हैं। आपकी मुस्कान मेरे लिए बहुत महत्वपूर्ण है

तुम्हारे चेहरे ने मुझे सुकून दिया तुम्हारे चेहरे ने मुझे सुकून दिया क्योंकि आप मेरे दिल में हैं जब आप बहुत दुखी होते हैं तो मुझे बहुत तकलीफ होती है। मुझे लगता है कि मैं आपके चेहरे पर मुस्कुराहट कैसे लाऊं मैं हमेशा भगवान से प्रार्थना करता हूं कि उसे हमेशा खुश रखें और

मुस्कुराहट कभी भी उसे कोई समस्या न दें हमेशा मुस्कुराएं और खुश रहें

तुम्हारे चेहरे ने मुझे सुकून दिया आपका चेहरा मुझे दिया आराम आराम

Aur Rahul ya Kavita likhkar so jata hai aur uske bad Sham ke time jab Suraj apna duty khatm karke Ghar aata hai aur sab milkar dinner karte hain tab Hansi majak chalne lagta hai uske bad Rahul Surat se baat karta hai apne ghar ke chhat ke upar aur vah use batata hai ki aaj main Mira se Mila aur usne mujhse baat bhi kiya aur ham donon ek acche dost ban Gaye Hain Suraj bolata hai yah to bahut acchi baat hai aur aage ka kya program hai kahin tum uske pyar mein to nahin pad Gaye Ho kyunki jab se tumne usko dekha hai tumhara body language bahut change ho gaya hai Rahul ..bolata hai tumhen kaise lagta hai main usse bahut pyar karta hun Suraj bolata hai nahin tumhare body language se pata chal jata hai ki tum mujhse bahut pyar karte ho Rahul bolata hai han bhai tu Sahi bol raha hai main use bahut pyar karta hun lekin soch Raha Hun kaise use batao kuchh hi din hue Hain uske mummy papa ke gujarne ke bad Suraj bolata hai kuchh din batchit kar Lo thoda comfort ho jao uske sath tab usko bol dena ki tum usko pasand karte Ho Rahul bolata hai han bhai Sahi bol rahe ho tum kuchh din ruk jata hun aur usse aur Dosti badha leta Hun aur yah donon batchit karke Apne Apne room chale Gaye agali subah

Rahul uthkar breakfast kar kar aur apne restaurant chala Gaya duty ke liye aur aaj Suraj ka day off hai vah apne girlfriend ke sath ghumne chala Gaya Rahul restaurant mein customer ko service de raha tha aur Achanak se

Chapter number 6

Vahan per Mira a jaati hai aur table per baith jaati hai aur vah order Dene ki koshish karti hai to Rahul vahan per jakar use table per jisne Mera baithi rahti hai usse order leta hai hello mam aapka kya order hai bataiye mera bolati .hai tum mujhe madam ab mat bolo Rahul bolata hai bolna padega kyunki aap hamari customer aaega aur donon hansne lagte Hain idhar se piche se manager dekhne lagta hai donon Ko aur Rahul serious okay order leta hai mera bolati hai ek cold coffee aur ek sandwich order lekar upar chala jata hai thodi der bad cold coffee aur sandwich lekar Mira ke table mein rakh deta hai aur mera use khane lagti hai kyunki use bahut jor se bhookh lagi thi aur Rahul use side se use dekh raha tha bahut der se use dekh raha tha aur UN donon ko dekhte hue manager UN donon ko dekh raha tha aur man hi man bahut gussa ho raha tha ki mera veter ek ...customer lady customer ko is tarah dekh raha hai lekin vah kuchh nahin bolata hai thodi der bad Mera jaane lagti hai Rahul bil lekar aata hai Mira ke pass aur mera card se pay karti hai aur vahan se Chali jaati hai uske bad uska manager use bulata hai aur use bolata hai apne kam mein jyada Dhyan do customer ke sath achcha behaviour rakho Rahul bolata hai theek hai sar main aage se is baat ka Dhyan rakhunga aur uske bad sab log restaurant ke अपने-अपने kamon mein biji Ho jaati hai Raat Ko Rahul restaurant band karke Ghar pahunchta hai aur sab log milkar khana khate Hain uski mausi puchti hai kaise ho beta theek ho mausi Ji aur idhar se Suraj puchta hai usi baat Ko kaise ho beta aur sab log milkar hansne lagte Hain aur khana khakar Apne Apne room chale jaate Hain yah baat Rahul Apne kamre mein apna WhatsApp open karta hai aur dekhta hai ki Mira ne use hello karke message bheja tha aur Rahul ne bhi hello karke message bhej diya usi time uske bad vahan se reply aaya kaise ho Rahul ne bola main theek hun aur usne bhi poochha tum kaisi ho theek hun Rahul puchta hai mera se aaj Tum restaurant I thi kya baat tha Mera bolati hai kyon nahin a sakti restaurant nahin nahin a sakti ho tumhara hi restaurant hai ha ha cal FIR main aaungi Rahul bahut khush ho jata hai aur bolata hai theek hai aana aur thodi der bad good night vish karke donon so jaate Hain agale subah

Surat aur Rahul donon nikal jaate Hain Apne duty mein aur vahan per Apne Apne kamon mein lag jaate Hain Rahul bahut khush hota hai ki aaj mera aane wali hai Lekin aaj mera nahin aati hai aur use bahut bura lagta hai ki usne Vada karke Vada Ko Tod Diya aur Raat Ko restaurant band karke donon Apne Ghar wapas chale jaate Hain khana khakar Apne room mein Rahul apna WhatsApp kholta hai aur Mira ko message karta hai

tum Aaj kyon nahin I Mera bolati hai Mera kuchh bahut
jaruri kam tha isliye nahin a Pai ghar ka kya Kam tha
bhabhi ka baccha bahut bimar tha use lekar hospital gai
thi isliye nahin a Pai Rahul bolata hai vah achcha bahut
acchi baat hai FIR kabhi Milana aur donon ek dusre ko
good night bolkar so jaate Hain agale din

Rahul aur Suraj restaurant mein kam kar rahe hote Hain
uske bad Rahul ko call aata hai Mira ka kahan per ho
kya tum park a sakte ho mujhe tumse baat karni hai
Rahul sidha Apne manager se baat karke bolata hai
main 2 minut mein aata hun aur vah restaurant ke se
nikal ke bahar chala jata hai aur Mira se milta hai Mera
usse baat Karti hai aur use puchti hai kaise ho tum
Rahul bolata yah to baat nahin hai to kuchh baat karne
ke liye mujhe bolo kya baat hai bolo Mira bolati hai
nahin kuchh baat nahin hai Bus aise hi tumko Bulaya
tha Rahul bolata hai theek hai chalo koi baat nahin lekin
main tumse ek baat bolna chahta hun main tumse
bahut bahut pyar karta hun aur use din Jo Kavita Rahul
ne likhi thi aaj Mira ke samne vah Kavita bolna start kar
deta hai aur mera bahut hi Dhyan se sunane lagti hai
uski Kavita ko aur Kavita khatm hone ke bad vah bahut
khush hoti hai aur bolati ki tum mujhse itna pyar karte

Ho aur uske bad donon ek dusre ke hath pakad kar bahut hi khush ho jaate Hain yahan se ine donon ka dipli pyar shuru ho jata hai aur donon ek dusre ke Bina Rahane paate thodi der batchit karke yah sab Rahul Apne restaurant wapas a Gaya aur mera Apne Ghar wapas a gaye aur Rahul Apne kam mein biji Ho Gaya raat ko restaurant band karke Apne Ghar chalenge aur agali subah Early morning Rahul ko Mira ka call aata hai aur mera usse bolati hai please mere ghar aao aur meri bhabhi ...ki Beti bahut bimar hai use hospital lekar ham log chalte Hain Rahul Suraj ka bike lekar vahan se Mira ke ghar chala jata hai aur mera Apne flat ke niche khadi rahti hai uska vate kar rahi thi Rahul vahan per pahunchta hai aur vah donon bike per baithkar hospital chale jaate Hain kyunki uske bhaiya kuchh kam se bahar gaye hue the aur ghar per Tum teenon hi the hospital pahunchne ke bad Mera bhabhi ke beti ko dikhati hai doctor se aur doctor dawai likh kar deta hai normal sa khasi aur jukham hota hai aur vahan se vah donon wapas a jaate Hain raste mein Pani Puri ki dukaan per Rahul bike Ko rokata hai kyunki Mira ki bhatiji bhatiji Lage Ko Pani puri khane ki jid karti hai jo ki hai kuchh 8 sal ki bacchi to Rahul bike rok deta hai aur teenon milkar pani puri khate Hain aur Rahul bahut ghul mil jata hai Mira ke bhatiji ke sath aur vah bhi use bahut like karne lagti hai Mira ki bhatiji aur donon ek dusre ko dekhte rahte the pani puri khane ke time pani puri khane ke bad Rahul use Ghar chhod deta hai Mira ki bhatiji bolati hai aap bhi upar aao aur mummy se milkar Jana per Rahul bolata hai nahin FIR kabhi aur din mujhe duty jana hai restaurant mein please Bura mat manana Mera bolati hai jaane do use kam per jana hai aur vah ..wapas restaurant chala jata hai aur kam karne lagta hai Suraj Aaj duty auto se aata hai kyunki bike to Rahul lekar chala gaya tha apni girlfriend ke liye isliye vah Rahul Ko bolata hai Ho Gaya ghuma liya Rahul bolata hai nahin mera ki bhatiji bimar thi usko lekar hospital gaya tha vah acchi baat hai aur donon apne kamon mein lag Gaye aur restaurant band karke ghar mein jakar khana khakar Apne room mein ab phone per baat karna start ho

Chapter number 7

Gaya tha Rahul aur Mira ka vahi normal sa kaise ho kya kar rahi ho aur कभी-कभी shaadi ke liye bhi poochhne lagta tha ki tum shaadi kab karogi aur batao na mera Hansi majak mein is baat Ko tal deti thi lekin usse bhi use bahut pasand karti thi aur vah bhi chahte the ki shaadi ho jaaye dinon bad Mira ka bhai apna Kam khatm karke wapas a jata hai aur agale din

Rahul Suraj Apne Apne kamon mein chale jaate Hain Rahul ko Mira ka call aata hai aur use vah Apne best friend ki birthday party per invite karti hai aur Rahul bolata hai theek hai main a jaunga Aaj Raat Ko Rahul raat ko Mira ke best friend ke party mein pahunch jata hai aur vahan per vah sab bahut Masti karte hain aur Hansi majak bhi karte Hain aur vahan per sab log uske dost ban jaate Hain aur mera ki friend bhi use like karti hai birthday party khatm hone ke bad Rahul Mera ko Apne bike per baithakar use Ghar chhodane jata hai idhar se Mera ka bhai bhi phone karne lagta hai mera tum kahan ho abhi tak Ghar kyon nahin pahunchi mera bolati hai main a rahi hun apne friend ke sath tab tak

Rahul use lekar uske Ghar pahunch jata hai aur vahan per Mira ka bhai niche khada hun hota hai aur Mira ka vate karta hai Mira aur Rahul donon bike se andar pahunchte hain to uska bhai UN donon ko dekh leta hai per kuchh bhi nahin bolata hai Mera Uttar bike se Rahul ko bye bolkar upar Chali hai jaati hai Mira ka bhai puchta hai vah kaun tha ladka mera bolati hai mera best friend tha Mira ka bhai bolata hai theek hai apni kamre mein jao aur mera ka bhai bhi Apne kamre mein chala Gaya aur vahan se Rahul bhi ja chuka tha Apne Ghar aur vah bhi jakar Apne kamre mein So Gaya Rahul aur Mera bhi kyunki donon bahut tight Ho chuke the bahut hi thak gaye the agali subah

Mira ka bhai Mira ko bulata hai aur puchta hai Tum donon ke bich mein kya chal raha hai jo cal Raat Ko ladka tumko chhodane aaya tha Mira bolati hai kuchh nahin chal raha hai bhaiya nahin Maine tumko dekha .Tum uske sath bahut khush dikh rahi thi mera bolati hai main sabke sath Khush rahti hun nahin uske sath tumhara Jo Khushi tha vah kuchh hatke tha jaise ki tum use pasand karti ho mera bolati hai aapko kaise lagta hai ki main use pasand Karti hun Mira ka bhai bolata nahin mujhe lagta hai isliye main poochh Raha Hun aur vaise bhi is tarah ke ladke acche nahin hote vah tumhara use karke tumhen chhod denge aur tumhen pata bhi nahin chalega vahi ladka hai Mera bolate han vahi ladka hai aur yah sab log jaisa nahin hai yah achcha ladka hai main ise janti hun Mira ka bhai bolata hai to uske bare mein kuchh bhi nahin jante Tum aaj se usse baat mat Karna uska number delete kar do aur main tumhare liye ladka dhundh raha hun shaadi karne ke liye Mera bolati hai nahin main use bahut pasand Karti hun aur usse shaadi karna chahti hun mera ka bhai bolata nahin main usse shaadi karne nahin lunga ki aukat hi kya haivah ek restaurant ka veter hai vah tumhen Khush kaise rakhega Shayad uski apni personal bike bhi nahin hogi vah kisi aur ka bike lekar chalata hoga bank balance Tak nahin hoga aur tum chahti Ho ki tum mujhse shaadi kar lo mera bolati hai mujhe yah sab pata nahin lekin mujhe vah bahut pasand hai aur mujhe .bike aur achcha Ghar aur acchi flat nahin chahie mujhe bus Rahul ke sath rahana hai Mira ka bhai bolata hai shaadi karne ka matlab yah nahin hota ki aur bank balance Na Ho to yah pyar ka bhoot bhi utar jata hai isliye bahas mat karo aur usse baat karna chhod do Mera kuchh nahin bolati aur chupchap Ho jaati hai aur Mira ka bhai Apne kam per chala jata hai aur mera apne bhai ko lekar ignore karti ho aur use batchit karne lagti hai Rahul se per Rahul ko is bare mein nahin batati hai ki uske bhai ne use Mana Kiya hai Rahul se baat karne ke liye aur jo pahle se un donon ka routine tha vahi chalne lagta hai kyunki Mera Rahul se bahut pyar karte the aur Rahul bhi use bahut pyar Karta tha Mera uske sath rahti thi to use lagta tha ki vah bahut Naseeb hai kyunki Rahul hamesha uske sath Hansi majak karte rahata tha aur use hamesha khush rakhta tha aur sabse important baat ki vah use kabhi jaj nahin Karta tha tum aisi Ho vaisi Ho vah nahin bolata tha isliye Mera ko Rahul bahut achcha lagta tha aur bhi uske bahut sare gun the Lekin mera ko pata nahin tha ki vah bahut rich family se belong karta hai to Mera Rahul se milati hai aur donon ke bich mein batchit hota hai ki shaadi karne ke bad ham log kahan rahenge restaurant mein .kam karunga tum Ghar per rahana meri mummy ke to mera bolati hai theek hai koi baat nahin aur uske bad vah apni Ghar Chali jaati hai Rahul Apne Ghar wapas a jata hai agale din

Achanak se Mira Mira ke bhai ko pata chal jata hai ki mera abhi bhi Rahul se baat kar rahi hai Mira ka bhai bolata hai mera se tum usse baat mat karo Maine tumko Mana kiya tha na mera bolati hai main kyon nahin usse baat karo na use pasand karte mujhse shaadi karna chahti hun Mira ka bhai bolata hai vah tumhen Khush nahin Raha rakh payega kyunki uske pass bank balance hi nahin hai bhaiya aap fir se shuru mat ho jao cal ka bakwas mein fir se sunna nahin chahti hun aur Mira ka bhai use ek thappad laga deta hai Mira Rone lagti hai aur apne kamre mein Chali jaati hai aur Mira ka bhai Apne duty chala jata hai Mira ka bhai bahut tension mein rahata hai vah sochta hai meri bahan ka jindagi vah

Chapter number 8

Ladka barbad kar dega aur apne dost se baat karta hai aur uska dost advice deta hai ki tum apni bahan ko bolo aur poochho ki vah mami papa ko Kitna manati hai aur unka Kasam khilakar UN donon ko alag kar do Mira ka bhai Yash unke use lagta hai ki isase kam ban jaega aur

wapas Ghar jakar Mira Ko bulata hai aur bolata .hai
Mera Tum Apne mummy papa ko Kitna pyar Karti Ho
Mera bolati hai bahut bahut jyada Mera ka bhai bolata
hai ki theek hai agar tum apni mummy papa ko bahut
pyar karti ho to un donon ka Kasam hai tumko tum
Rahul se aaj ke bad baat nahin karogi aur uske yah bhi
nahin bataaoge ki maine tumhen yah baat bola hai
mera ke pairon ke niche se jameen khisak jaati hai vah
bahut dukhi ho jaati hai aur bahut udaas Ho jaati hai
kyunki vah Apne mummy papa ko Kasam nahin Tod
sakti aur bahut Rone lagti hai apne room mein jakar aur
yahan per Mira ka bhai bahut khush hota hai aur ladka
dekhna shuru kar deta hai mera ke liye agale din

Rahul Mira ko call karta hai mera call pick nahi karti hai
na message ka koi reply deti hai ISI tarah kuchh din tak
chalte rahata hai aur kuchh dinon ke bad Mira Rahul ko
call Karti hai aur use bulati hai usi park mein Jahan per
vah first time mile the aur Rahul jaldi se jaldi vahan per
pahunch jata hai kyunki kuchh dinon se Rahul ne use
dekha tab bhi nahin tha Rahul Mera ko dekhta hai aur
dekhte hi bolata hai kya hua itni udaas kyon baithi Ho
aur Mera bhi poochhne puchti hai kya baat Tum itne

udaas kyon Ho tumhari vah chehra kahan gaya Jahan jab Tum itne Khush rahte

Jo tumhare face per dikhai deta tha yahi baat Rahul bhi puchta hai tum bhi to bahut dukhi ho batao kyon Mera bolati hai mere bhaiya ne mere liye ladka pasand Kiya hai aur main use ladke ko pasand Karti hun aur use shaadi karne ja rahi hun Rahul ya sab sunkar bahut shauk ho jata hai aur Rahul bolata hai tumne to kaha tha Tum mujhse shaadi karogi Mera bolati hai maine bola tha lekin mere mummy papa ke bad Mera bhaiya hi sab kuchh hai mere man baap sab kuchh hai aur main uske bad tal nahin dal sakti isliye maine han bol diya Rahul uski taraf dekhkar kuchh nahin bolata hai aur chupchap Rahane lagta hai mera yah sab bolkar park se sidha Apne Ghar Chali jaati hai aur vahan per Rahul ghutnon ki taraf baithkar bahut Rone lagta hai Rahul Aaj first time itna dukhi tha aur vah ro Raha tha kisi ladki ke liye jisse vah bahut pyar Karta tha jiski Bina vah rah nahin Sakta tha uske liye aur Mera bhi Apne Ghar jakar room mein Rone lagi Rahul bahut der Rone ke bad apni man ko call karta hai aur bolata hai man main Ghar aana chahta hun man samajh jaati hai ki mere beta ro Raha tha aur bahut dukhi hai man bhi bolati hai a jao beta tumhara hi to Ghar hai main tumhare papa ko mana lungi aur Rahul Apne mausi ke ghar jata hai mausi ko sari baat batata hai mere Mira ke 36p..bare mein aur mausi bhi bahut dukh Ho jaati hai ya sab baat sunkar aur Suraj bhi sab sunkar baat dukhi ho jaate Hain uske bad Rahul apna Sara kapda pack kar kar vahan se wapas airport ki or chala jata hai aur uske sath Suraj bhi jata hai use chhodane ke liye Suraj bolata hai bhai tumhari kismat mein Mira nahin thi isliye tumhen nahin Mili Tum ab Apne family business per Dhyan do aur tumhen uski bahut yad aaegi Lekin Tum agar Apne family mein business mein Dhyan doge to atlist Tum use bhul paoge Rahul bolata hai main usse nahin bhul paunga kyunki mujhe uski tasvir ki jarurat jarurat nahin padati vah mujhe har jagah dikhai deti hai main usse itna pyar Karta Hun boarding lekar security check kar kar flight mein baith jata hai aur vahan per fir se ek Kavita likhta hai jo ki is prakar hai

. छोड़ें अपनी आदत

छोड़ें अपनी आदत

जब मैं आपको भूलने का फैसला करता हूं

जब मैं आपके साथ नहीं सोचने का फैसला करता हूं

लेकिन तुम हमेशा मेरे दिमाग में हो

कैसे छोड़ें अपनी आदत

कैसे छोड़ें अपनी आदत

जब मैं काम करता हूं तो मैं आपको देखता हूं जब मैं फिल्म देखता हूं मैं आपको देखता हूं जब मैं कुछ विशेष समय खाली करता हूं तो मैं आपका चेहरा देखता हूं मेरी आत्मा आपको कभी नहीं भूलती

कैसे छोड़ें अपनी आदत

कैसे छोड़ें अपनी आदत

तुम आज और हमेशा के लिए मेरे दिमाग में हो मुझे नहीं पता कि तुम मुझे भूल गए और नहीं, लेकिन मैं तुम्हें हमेशा के लिए हमेशा के लिए नहीं भूल सकता क्योंकि तुम्हारे चेहरे ने मुझे आराम दिया

Likhane ke bad Rahul ka plane Delhi airport per utar jata hai aur pata hai Rahul ko Lene uske papa aate Hain kyunki jab Rahul call karke apni man se baat karta hai tab Rahul ki man Ko pata chal jata hai ki Rahul ro Raha tha aur vah bahut dukhi hai aur vah apne husband ko bolati hai ki Rahul rokar baat kar raha tha jiske Karan uska papa bahut dukhi ho jaate Hain ki kyon mera beta ro Raha tha aur iske liye vah uske papa airport gaye the use lene ke liye Rahul Apne papa bahut khush bhi hota hai aur bahut dukhi bhi hota hai lekin Rahul Apne papa ko milkar sabse pahle sorry bolata hai papa aur bolata hai cal se main ..aapke business ko sambhaloonga aur Rahul ke Papa bahut hi khush ho jaate Hain aur use gale Laga lete Hain aur donon hi airport per Rone lagte Hain uske bad vahan se Rahul aur Rahul ke Papa donon Ghar wapas a jaate Hain Rahul apni man Ko baat karta hai aur bolata hai cal se main papa ke sath unke office jaunga aur unke kam ko samjhunga aur acchi tarah se imandari se karunga man sunkar bahut khush hoti hai aur vah bhi Rone lagti hai kyunki man ko pata rahata hai ki kuchh der pahle mera beta ro Raha tha aur vah Janna chahti thi ki kyon ro raha tha aur uske papa bhi Jana tha chahte the ki kyon mera beta ro Raha tha aur sab log milkar dinner .khatm karte hain aur Apne

Chapter number 9

Apne roomon mein jakar So jaate Hain agali

Rahul bahut jaldi uthkar Naha dabakar breakfast kar kar office nikal jata hai uske bad Rahul ke Papa uthate hain aur apni wife se baat karte hain ki Rahul kahan hai Rahul ki man bolati hai vah office nikal chuka hai Rahul ke Papa bolate Hain ki tumne usse poochha ki vah kyon ro raha tha Rahul ki mummy bolati hai nahin Maine nahin poochha lekin Aaj poochh kar aapko Bata dungi theek hai aur Rahul ke Papa bhi breakfast khatm karke office chale jaate Hain

Rahul ke Papa ka bahut bada ek showroom ka business hai jismein sare chij milati hai kapde se lekar electronic saman Tak sab.kuchh milta hai aur uska iklauta hakdar Rahul hai Rahul ke Papa bahut rich family se belong karte Hain isliye Rahul ke Papa bahut dukhi hai ki vah mera beta kyon ro raha tha aur yahan Rahul office Aakar sabse pahle sare kam ko samajhta hai aur apne papa ko aur Rahul ke Papa vahan per pahunchte hain aur vah donon meeting attend karte Hain ki hamare business ko aur behtar se behtar kaise banaya jaaye Rahul bhi use meeting mein baitha hua rahata hai aur sabke Idea sunte rahata hai aur man hi man sochte rahata tha Mira ke bare mein kuchh der bad meeting khatm Ho jaati hai aur sab log Apne Apne kam per lag jaate Hain lekin Rahul Apne Papa ka business ko aur ek number lekar jaen .kyunki agar vah business mein

Dhyan nahin dega to vah din bhar Mira ke bare mein sochne lagta tha isliye vah bahut jyada apne business mein involve hokar kam karne lagta tha jiske Karan vah showroom mein hi so jata tha aur sare kam ko samajhta tha ki apne business ko kaise ek number Tak lekar Jaya jaaye aur kabhi kabhi akele baithkar Mera ke bare mein sochne lagta tha aur uske photo Ko dekhkar बहुत-बहुत Rone lagta tha aur vahan se apna Ghar chala Gaya aur dinner khatm karke Apne Apne room mein jakar so gaye agali din

Rahul ke Papa aur Rahul ki mummy donon ek dusre se baat kar rahe the ki Rahul bahut sudhar gaya hai aur mere sare kam 43p..ko usne bahut hi imandari se karna shuru kar diya hai lekin main sochta Hun Rahul itna dukhi kyon rahata hai Rahul ki mummy bolati hai Shayad koi ladki ka chakkar hoga Rahul ke Papa bolate Hain main use ladki ko bahut dhanyvad deta hun ki usne mere bete ko sudhar Diya Rahul ki mummy bolati hai aap kaisi baat kar rahe hain aapka beta itna dukhi hai aur aapki sare kam ko Sambhal liya hai aur aapko Jara bhi use per Daya nahin aati Rahul ke Papa bolate Hain nahin aati hai kyunki jab Tak Dard nahin hoga tab tak use samajh mein nahin aaega ki jindagi kis chij ki naam hai use sab kuchh banaa banaya hua mila hai isliye vah iski kadar nahin karta ab jaake use sab chij ki kadar hone lagegi use ek ladki ke vajah se isliye main bahut khush hun aur mera beta bhi sudhar Gaya hai iske liye bhi main bahut khush hun Rahul ki mummy bolati hai aap to bolenge kyon nahin ham log use ladki se Rahul ka shaadi karva de Rahul ke Papa bolate Hain theek hai tum apni bahan se baat karke dekho agar unke ladki wale man jaate Hain to mujhe koi problem nahin hai main un donon ka shaadi karva dunga Rahul ki mummy bolati hai theek hai main apni bahan se baat karke dekhti hun Rahul ke Papa bolate Hain theek hai baat kar lo uske bad Rahul ke Papa Apne office chale jaate Hain aur Rahul bhi office mein hi rahata hai aur vahan per sara kam karte rahata hai idhar Rahul ki man apni bahan ko phone karti hai jo ki Bengaluru mein rahti hai aur usse puchti hai use ladki ke bare mein aur uski bahan Jo sab kuchh janti hai use bata deti hai aur uski man yah sab sunkar bahut pareshan hoti hai lekin FIR jaane deti hai ki kismat ko ham Badal nahin sakte jisse hamara rishta hoga usse hokar hi rahata hai aur is baat Ko bhul jaati hai office mein Rahul sab kuchh vahan ka kam dekhne lagta hai aur kabhi kabhi KCR counter ki

jagah mein bhi kam kar leta hai Rahul ke Papa Apne
office se ghar aate Hain aur Rahul ki mummy se baat
karte hain aur puchte Hain tumne apni bahan se baat
Kiya to Rahul ki mummy bolati hai han maine apne
bahan se baat Kiya aur bahan ne Jo bataya usne Rahul
ke Papa Ko sab kuchh Bata Diya aur yah sab sunkar
Rahul ke Papa bhi bahut dukh mein pad Gaye ki mere
bechara beta ko apna saccha pyar nahin mila aur vah
donon plan karte Hain ki ham log jante hain lekin ham
log is bare mein Rahul se baat nahin karenge uske bad
Rahul aata hai aur sab log milkar khana khate Hain aur
dining table pay Hansi majak ka mahaul fir se ban jata
hai uske bad sab log Apne Apne room jakar so jaate
Hain agale din

Rahul Apne showroom mein sare saman ko idhar udhar
dekh raha tha aur Sunday ka din tha bahut hi jyada
crowd hone ki vajah se vah KCR ke pass hi khada rahata
hai aur dekhte rahata hai customer ko kaise handle kar
rahe hain usmein se ek ladki ...jiska Naam Puja hota hai
vah bhi shopping karne shopping Mall mein I Hui rahti
hai aur shopping kar chuki rahti hai ab use pay karne ke
liye shopping counter mein aana tha aur vah line per lag
jaati hai uska number aane ke bad vah sare shopping ka

jo amount hota hai Kitna hua aur mangne ki koshish karti hai Lekin KCR counter wala use discount nahin de pata kyunki vahan per koi discount nahin tha vahin pass mein Rahul bhi khada tha aur vah sab baten Sun Raha tha aur ladki ko bhi dekh raha tha Jo jiska Naam Puja hai uske bad Rahul aata hai aur apne Kesar se baat karta hai aur bolata hai madam aapse Kitna discount mang rahi hai ki sirf bolata hai 20% discount mang rahi hai Rahul bolata hai theek hai de do aur Puja bahut khush ho jaati hai aur 20% discount lekar Sara saman lekar wapas Chali jaati hai uske bad Rahul 20% ka jo discount diya rahata hai vah apne card se pay karta hai aur bolata hai ki papa ko mat bolna uske bad Rahul turant hi ek meeting rakhta hai

Chapter number 10

Jismein sab log milkar discuss karte Hain aur Rahul bolata hai kyon Na ham tension 20 pasand ka aapane showroom mein discount Dena shuru Karen usse jyada customer hamen milega ya baat sunkar Rahul ke Papa aur sab board member bhi Idea Bura nahin hai Lekin hamen loss bhi ho sakta hai Rahul bolata hai ham jismein sakenge usi mein hi 20% ka discount denge baki sab mein nahin Rahul ke Papa bolate .Hain theek hai bahut hi Sahi plan hai main agri karta hun aur cal se hi start kar do aur meeting mein sab Ko ya naya Idea bahut hi pasand aata hai aur next Desh se ya lagu bhi ho jata hai showroom mein uske bad Rahul Rahul ke Papa donon milkar ek hi kar mein ek dusre se batchit karte hue Ghar pahunchte Hain aur ya Idea Rahul apni man Ko bhi batata hai aur uski man bhi bahut khush hoti hai agale din

Puja aur apne doston ke sath aati hai shopping karne ke liye aur dekhti hai ki 20% discount ka offer start ho gaya hai cal I thi to nahin tha aaj se start ho gaya hai vah bahut impress Ho jaati hai aur vah sab log milkar shopping karte hain aur kis counter mein sab jakar milkar apne aap .mein amount pay karte Hain iske bich mein Rahul Puja ko dekh leta hai upar se joki first floor mein tha aur Rahul uski taraf jaane lagta hai aur baat karne ki koshish karta hai Puja bhi use dekh leti hai aur usse baat karne ki koshish ki karna chahti hai uske bad

Rahul usi case counter ke samne Aakar khada ho jata hai aur puchta hai mam aap ko 20 pasand ka jo discount tha ab sab koi ko mil raha hai aapke vajah se ham logon ne yah decide Kiya ki 20% discount Dena chahie sab logon Ko thank u Rahul puchta hai kya main aapka naam Jaan sakta hun aur Puja apna naam batati hai mera naam Puja hai Rahul bolata hai bahut hi achcha naam hai Puja puchti hai ki cal Maine 20% discount Manga tha isliye aapane sab logon ke liye 20 pasand ka discount rakh diya kyon Rahul bolata hai ise business model kahate Hain jyada customer aaenge to hamara revenue bhi badhega aur aapka Jo Idea tha mujhe bahut pasand hai isliye maine apne Boss ko bolkar is idea ko dalne ke liye bola Puja bolati hai to aap yahan per kam karte ho Rahul bolata hai nahin main yahan per Kam nahin Karta yah pura showroom mere Papa ka hai aur Puja bahut shauk Ho jaati hai kyunki use dekhkar lagta nahin hai ki vah is showroom ka Malik hai kyunki usne Jo kapda pahna hua tha kaise main bhi vahi kapda pahna hua tha usse lagta hai ki Rahul uske sath majak kar raha hai to isliye Puja ne bhi majak karke bol diya ki .tumhare Papa ka hai bahut acchi baat hai Rahul use chai coffee offer deta hai per vah mana kar deti hai kyunki use bahut let ho raha tha aur UN sab logon Ko

bhi bahut let ho raha tha Jo uske sath aaye the Rahul ne
apna kat Diya aur bola jab Tum free hongi to call karna
yah sab bol ke Rahul vahan se chala jata hai aur Puja bhi
Apne doston ke sath Apne room wapas Chali jaati hai
agale din

Rahul ko ek call aata hai jo ki Puja ka hota hai aur vah
usse Milana chahti hai Delhi ke restaurant mein coffee
peene ke liye aur vah donon milte Hain coffee house
mein aur vahan per batchit start hoti hai Rahul puchta
hai tum kahan se I Ho Puja bolati hai main Bengaluru
mein rahti hun aur apne .doston ke sath yahan ghumne
aaye Ho kuchh dinon ke liye Rahul bolata hai ki
Bengaluru mein Tum kya Kam karti ho Puja bolati hai
main ek restaurant mein manager ka kam Karti hun
Rahul bolata hai yah to bahut acchi baat hai kuchh sal
pahle maine bhi Bengaluru mein restaurant mein
reservation ka kam kiya tha Puja bolati hai yah bhi
bahut acchi baat hai Rahul puchta hai kaun se
restaurant mein kam karti ho Puja bolati hai main
Italian restaurant mein kam karta hun Rahul thoda
shauk hokar kuchh nahin bolata hai aur bolata hai
bahut acchi baat hai lekin use fir se Mira ki yad a jaati

hai aur vah vahan se uthkar wapas Apne Ghar chala jata hai Puja ko yah sab

 bahut kharab lagta hai aur vah bhi Apne room wapas Chali jaati hai agale din

Puja use call Karti hai Rahul ko Rahul mein Aaj Bengaluru wapas ja rahi hun kya tum mujhse Milana chahte ho kyunki main tumse Milana chahti thi Rahul bolata hai nahin main tumse nahin mil Sakta main Apne showroom mein hun aur bahut biji hun please Bura mat manana aur phone cut kar deta hai Puja use man hi man pasand karne lagi thi halanki vah soti thi ki vah ek ki per hai lekin vah ek owner ka beta tha Jo ki use nahin pata tha Puja chhod deti hai aur wapas Chali jaati hai Bengaluru by flight aur vahan per utar ke Apne Ghar jakar agale din se restaurant mein kam 55p..karne jaane lagti hai aur vah bhi bahut dukhi rahti hai kyunki use pyar Ho jata hai Rahul se aur Rahul uske call ka Na hi message ka Na hi WhatsApp ka kisi ka bhi reply nahin de raha tha isliye Puja bahut pareshan rahti thi aur yahan Rahul bahut mushkil se Mira ko bhul Paya tha Jo ki Puja aane ke bad fir se hua uske bare mein sochne lagta hai aur use milane ki sochne lagta hai Lekin use lagta hai ab to vah shaadi bhi kar chuki hogi isliye vah FIR bhulne ki koshish mein lag jata hai aur apne kam mein pura focus karne lagta hai Rahul aur Rahul ke Papa showroom close karke Apne Ghar wapas jaate Ho Ajit karne lagte Hain Rahul ki mom se Rahul agale mahine tumhare kajan brother ka shaadi hai Bengaluru mein rahata hai ham sabko jana hai vahan per Rahul bolata hai Kaun Suraj ka shaadi ho raha hai Rahul ke Papa bolate Hain han Suraj ka shaadi ho raha hai agale mahine ham sab log milkar jaenge Rahul bolata hai theek hai papa ham log jarur jaenge aur yah sab bolkar hua aapas Apne room mein chala jata hai aur so jata hai kuchh hi dinon bad ek Mahina khatm ho jata hai aur Rahul ka pura family Bengaluru ke liye Ravana ho jata hai aur Rahul fir se vahin per usi ghar mein wapas a jata hai ke bad Ghar se Nikal ke usi jagah per Jahan first time jis park mein Rahul Mira se mila tha vahan per jakar vah baithata hai thodi der aur sochta hai ki mera ka shaadi Na hua hota .lekin Aisa kuchh bhi nahin hota vah vahan per jakar baith kar FIR wapas Ghar wapas a jata hai shaadi start Ho jaati hai Suraj ka jismein Rahul Ramu mein Dhyan dene lagta hai aur shaadi ke list mein jo ki Rahul ke liye bahut hi surprise tha Mera ko bhi invite Mera Mila rahata hai aur aur jo Puja Jo manager thi vah to off course aaegi hi vahan per kyunki usi restaurant mein Suraj kam Karta tha

shaadi ke dauran Rahul sabse pahle Pooja se milta hai aur use bolta hai hay kaisi ho tum aur Puja bhi use bolati hai tum yahan per kya kar rahe ho to Rahul batata hai ya mere kajan brother ka shaadi ho raha hai isliye main yahan per aaya hun Puja pareshan Ho jaati ho aur use use din pata .chalta hai ki sach mein vah use showroom ka malik ka beta tha aur vah bahut shauk Ho jaati hai aur Rahul bolata hai koi baat nahin chalte rahata hai Lekin main use showroom ka hi Malik hun aur donon ke bich mein batchit start hone lagti hai kuchh hi der mein vahan per Mera enter karne lagti hai apne bhaiya aur bhabhi aur bhanji ke sath Rahul jab use dekhta hai to dekhta hi rah jata hai kyunki Rahul itni der se Puja se batchit aur Hansi majak mein laga hua tha sadanasionally mera Ko dekhkar silent ho jata hai aur uski taraf dekhne lagta hai Puja bhi Mera ko dekhne lagti hai Lekin use uska naam pata nahin sirf dekhti hai ki koi ladki a rahi hai aur Rahul use bahut Dhyan se dekh raha .hai Puja puchti hai Rahul se Tum use ladki ko kyon aise dekh rahe Ho Rahul bolata hai ya meri girlfriend thi aur ham shaadi karna chahte the Lekin usne mana kar diya aur kisi aur se shaadi kar liya Puja bolati hai yah to bahut dukh ki baat hai Rahul bolata hai koi baat nahin shaadi ek Aisa Bandhan hai jo jabardasti nahin kiya jata isiliye jaane dete Hain aur vahan se Rahul Mera ko Bina theek se dekhe hue dur se hi dekh kar vahan se chala jata hai kyunki use vah dekhne se use bahut hi Dard hota hai aur taklif hota hai lekin Puja Mira se jakar baat karti hai use usse Dosti karne ki koshish karti hai aur vah pata Laga leti hai ki Mira ka abhi tak shaadi nahin hua hai Lekin Rahul to bahar ja chuka hai 60p..isliye vah Rahul Ko nahin Bata paate aur Rahul uska phone bhi nahin utha raha hai lekin Puja Mira ka number le leti hai aur shaadi khatm ho jata hai sab koi Apne Ghar wapas chale jaate Hain aur Rahul bad mein Ghar wapas aata hai dusre din

Rahul ka family uske mummy papa mausi ke ghar per rahte hain aur breakfast sab log karte hain milkar Rahul bhi breakfast karta hai aur use Puja ka call aata hai aur vah Puja ka call receive karta hai aur baat karta hai bolo Puja kaisi ho Puja bolati hai Rahul kya tum mujhse mil sakte ho mere restaurant mein Rahul bolata hai theek hai main abhi a jata hun aur vah vahan se chala jata hai Rahul restaurant pahunchkar Rahul Puja se batchit karta hai aur Puja ..batati hai ki mera ne abhi tak shaadi nahin kiya hai Rahul yah baat sunkar bahut khush ho jata hai lekin Rahul sochta hai jab usne shaadi nahin kiya hai to vah mujhe call kar sakti thi kyunki abhi tak usne apna number change nahin kiya tha Puja ya baat sunkar use bhi thoda Ajeeb lagta hai lekin kya Karen kuchh problem hogi Mera ki isliye vah Aisa kar rahi hai Rahul bolata hai han Tum Sahi bol rahi ho mujhe usse milkar baat karni chahie Puja bolati hai ki iska bandobast ho chuka hai maine use usi park mein Bulaya hai Jahan per tum log first time mile the Rahul bolata hai tumhen kaise pata chala ki ham log usi park mein first time mile the kyunki Mera meri best friend ban chuki hai cal Raat se aur usne ..tumhare bare mein sab kuchh bataya aur jo uski problem hai vah bhi mujhe bataya Rahul puchta hai usne apna problem kya bataen tum mujhe bata do Puja bolati hai nahin main nahin bataungi Tum Aaj sham ko 5:00 baje Mira se Milo aur khud usi se poochh Lena kya problem thi aur kyon thi kyunki Aaj bhi tumse vah bahut pyar karti hai Puja bolati hai aur ek baat Tum to use ek bar dekh kar shaadi mein chale Gaye vahan se bahar tumne koshish bhi nahin kiya usse baat karne ki usne tumhen dekh liya tha aur vah tumse bahut baat karna chahti thi tumse Milana chahti thi Lekin Tum to gusse ke Karan vahan se nikal kar chale Gaye Rahul bolata hai to main kya Karta main use dekh raha tha to mujhe aur uski taraf jaane ka man kar raha tha isliye main vahan se wapas chala Gaya Puja bolati hai theek hai koi baat nahin Aaj jakar mil lena Rahul vahan se chala jata hai aur Puja ko thank u bolata hai aur Puja bhi use thank u bolati hai Rahul Sham ka intezar karta hai aur park jakar baith jata hai Jahan per vah donon first time mile the kuchh hi der bad vahan per Mera aati hai chal kar Rahul use dekhte rahata hai ek bar bhi palki nahin jhukata hai usse bus dekhte rahata hai dekhte rahata hai uski body mein Jaise bahut sara energy sirf Mera ko dekhne ki vajah se aur mera vahan per Aakar uske samne baith jaati hai aur bola Mera bolati hai hay tum kaise ho Rahul bolata main

.theek hun tum kaisi ho main bhi theek hun mera puchti hai shaadi Ho Gaya tumhara Rahul bolata hai nahin mera abhi tak shaadi nahin hua tumne Kiya nahin Maine shaadi nahin kiya aur donon ek dusre ke gale Laga lete Hain aur donon hi bahut dukhi ho jaate Hain thodi der bad Mera batati hai ki uske bhai ne usko Kasam diya tha uske mummy papa ka isliye usne Rahul Ko chhod Dene ka Vachan diya tha aur main kuchh nahin kar Pai lekin Maine shaadi karne ke liye mummy papa ka Vachan nahin liya tha isliye maine use ladki ko usi din mana kar diya aur tab se lekar Abhi Tak Maine kisi Ko bhi Han nahin kaha hai main tumhara intezar kar rahi thi Rahul ya sab kyon karo

Chapter number 12

Vah bhi bahut khush hota hai aur dukhi bhi hota hai ki uska bhai aisa bhi kar sakta hai Rahul Mera se puchta tumhara bhai Aisa kyon Kiya tumhare sath use tumhari Khushi bardasht nahin Hoti Mera bolati hai nahin vah mujhe bahut hi rich family mein shaadi karvana chahta hai aur meri Khushi chahta hai isliye vah Aisa kiya tha Rahul bolata hai yah to bahut acchi baat hai Mera bolati hai Kyun kyunki tumne Mera surname nahi pucha tha sirf tumne Mera Naam poochha tha Mera surname mere Papa ka naam Ravi obroy Hain vah Delhi ke showroom ke ek Malik hain aur main unka iklauta beta hun to use hisab se agar tum yah baat apne bhai ko bologi to vah ham donon ka bahut hi jaldi shaadi karva dega yah sab sunkar Mera bahut khush Hoti hai Lekin dukhi bhi Hoti hai kyunki use apni man Papa ka Kasam Diya hota hai lekin is bar Rahul dimag se kam leta hai aur directly Apne mummy papa ko mera se milva deta hai aur uske mummy papa ko Mera bahut pasand aati hai vah log Mira ke ghar jakar uske bhai se Mira ka hath mangte Hain ki Rahul ke Papa Mira ke bhai se bolate Hain ki Tum apni bahan ka shaadi mere bete se kar do abhi tak Mira ka bhai ladki Ko nahin dekha hai ladka bad mein aata hai isliye vah pura mahaul aise hi banaa kar rakhna padta hai aur jab vah Mira ka bhai aur Raji Ho jata hai shaadi ke liye tab Rahul kamre mein aata hai Mira ka bhai Rahul Ko dekhkar bahut hi shauk ho jata hai aur .bolata hai tum to vahi hona Jo restaurant mein bhi dar ka kam karte the Rahul bolata hai han main vahi ladka hun Rahul ke Papa bolate ho tum ise jante ho han main ise bahut acchi tarah se jaanta hun yahi restaurant mein kam Karta tha veter ki jagah mein aur mere bahan ko bhi bahut pasand Karta tha lekin ab Mira ke Bhai sab kuchh janne ke bad vah apni galti per sharminda hota hai aur vahin per sabke sath sab log se milkar mafi bhi mangta hai aur sabke samne apni bahan se inki usne do pyar karne Wale Ko dur Rakha tha lekin vah bolata hai main kya Karun papa mummy ke gujarne ke bad meri bahan ka khyal mujhe hi rakhna tha isliye maine aisa kiya hun aur Rahul ko bhi bolata hai tum .bhi Bura mat manana kyunki jo aadami jo kam Karta hai usi se uska pahchan hoti hai Rahul bolata hai isiliye kisi ko bhi uske kam se jaj nahin karna chahie uske pura background pata karke hi use jaj karna chahie aur yah sab bolkar Rahul ke family wapas a jaate Hain

Aur agale hi din Rahul ka pura family Bengaluru se Delhi ke liye Ravana ho jata hai Delhi mein Aakar ab Rahul ke shaadi ke taiyari mein sab koi lag jata hai aur kuchh hi dinon ke bad ek acchi muhurt dekhkar Rahul aur Mira ka shaadi karva Diya jata hai bahut hi grand shaadi hota hai ine donon ka aur Puja bhi vahi per I rahti hai use bhi bahut achcha lagta hai ki uska best friend donon Aaj ek dusre ke sath .Hain halanki use bahut pyar tha Rahul se Lekin use lagta tha ki vah mujhse nahin Mira se jyada pyar karta hai isliye usmein Apne pyar ki kurbani de di aur donon Ko milane mein bahut hi madad ki Rahul aur mera Puja ko bahut bahut hi dhanyvad dete Hain yah shaadi ho raha hai aur kahani yahin per khatm hoti Hain aur ek baat mein Bata Dena chahta hun मां-बाप Apne bete ko sudharne ke liye kuchh bhi kar sakte hain aur khaskar jab unka beta iklauta Ho isiliye कभी-कभी Apne man baap ki bhi Sun leni chahie ham logon Ko lekin ham Aisa kabhi nahin karte Apne hi jid per ade rahte hain hamen Jo chahie vahi chahie aur kuchh bhi hamen samajh mein nahin aata hai Kudrat bhi hamen aajmati hai ham kaise hain aur kaise ban jaenge aur hamen apni Dil aur dimag donon ki sunnani chahie aur apne kam mein hamesha focus karte rahana chahie jab tak hamen success nahin mil jaati is kahani mein Mata pita Apne bete ko kaise sudharte hain aur beta apni lifestyle ko kaise change karta hai uske bare mein bataya gaya hai Jahan Tak mujhe lagta hai ki yah bahut chhoti si udaharan maine liya hun lekin hamare jivan mein Aisa bahut sare udaharan aapko mil jaenge मां-बाप hamesha Apne bete ki bhalai chahte Hain aur unki har khwahish ko Puri karne lagte Hain jis prakar ka bhi ho Lekin unke ladke kabhi bhi Apne man baap Ko samajh nahin paate ki hamare papa hamen kaise pal rahe hain aur kaise Apne kam ko kar rahe hain unse hamen bahut kuchh sikhane ko mil sakta hai lekin ham kabhi bhi Apne papa se ya mummy se use tarah ka baat nahin karte jise hamen kuchh sikhane ki mile hamen to bus Jo chahie vah chahie bus ya to papa ko bolo ya to mummy ko bolo bus hamare life mein yahi sab hai aur hamare मां-बाप Jo ham mangte Hain use laane mein apni Puri Jaan Laga dete Hain ki hamara beta use chij ko lekar khush rahe bus hamen aur kuchh nahin chahie कभी-कभी hamare man baap ham per bahut gussa hote Hain lekin unka gussa kabhi bhi galat nahin hota balki balki bahut hi achcha hai ki aapke sar per aapke मां-बाप ka saya hai aur aap apne man baap se miljul kar apni problem unhen share kar sakte hain aur unke through jo aapko problem hai solve karne mein aapko bahut madad milegi man baap hamesha aur hamesha Apne bete ki bhalai chahte Hain jab jab is kahani mein uske Papa ne uske bete ko Ghar se Nikal Diya tab uske papa ko pura yakin tha ki uska beta sudhar jaega aur yahi hota hai is kahani mein thank u so Mach aap sabhi logon ka